トラウマ

TRAUMA

安 明江

AN Akie

文芸社

まえがき

父・母・兄という血族について書いています。六十三年間家族だと意識しないで生きて来ました。今も、家族だとは思っていません。父とは、小学校二年生、六年生の時に家族ごっこのようなことを、「ごっこ」の「ご」だけで終わりました。血族という手枷足枷と「さようなら」した話です。

家族と思わないで、私一人で、強く生きて来ました。

冷たい人間と思われる人もいるかもしれませんが、私自身、父、母、兄という血族に「トラウマ」を心の中に強く焼き付けられています。六十三歳の今でも、消えることはありません。

私の家族は、私が十九歳で産んだ娘一人だけです。笑い、泣き、ちょっと怒ったり、でも無理なことは言わない、本当の家族です。

私が本を出そうと思った一番の理由は、虐待、子殺し、一時保護、死亡事件……それは氷山の中の一つだと思うからです。

精神を潰された子供たちもたくさんいるのでは？　公務員の方々、縦社会ではなく、小さな命を守って下さい。福祉は役所の落ち零れ？　上からの圧力と下からのＳＯＳで大変だと思っています。命を守る協力を、より強くお願いします。一時保護より、せめて義務教育が終わるまで保護して下さい。それでも、親が引き取る、とうるさいのであれば、一年間ぐらい心理テストをする。だらしない、また自分勝手な親の子供たちが多いと思いますが、幼いうちから愛情のある生活をしていけば、必ず変わるものだと、私は思っています。

目次

トラウマ

第一章　私の生い立ち

五歳の時の思い出

幼稚園で朝顔を育てる鉢に種を入れて水をやり、小さな芽が出ると幼い心は嬉しくて毎日が楽しい幼稚園生活でした。私の朝顔が大きな花を咲かせそう。しかし次の日は夏休みだったのか覚えていませんが、園はお休みでした。朝顔を翌日から見ることはできません。

私は先生にお願いをしました。

「朝顔を持って帰っていいですか?」

すると右手でハエを払うように、言い捨てます。

「あかん……あかん」

私はもう一度お願いをしました。

「家でちゃんとお水をあげます」

しかし先生は、上から叩くような言葉で私を払い除けるようにしました。私は先生の脇の近くの右腕に噛みつきました。私は噛みついた先生から離れません。他の先生方が近づくと噛む力が強くなり、母が園に来るまで噛みついていました。母が来たので、

「朝顔を持って帰りたい」

と母に言いました。

すると園長先生が、

「一人だけ持って帰ると、ひいきになる」

と言っていました。

噛みついた先生に対して反省はしていないですが、園には、ごめんなさい。

私の兄は言葉がつまります。

そんな兄をからかう男の子たちに、私はほうきを持って向かっていたことが三回以上あると思います。

夏休みは、母の里、佐賀名護屋に行きます。漁師の船着き場に浮き輪で囲ったプールみたいになっている場所があり、私は水着を着てその場所へと向かいました。プールまでは

まだ少し距離がある所で、私は兄に海へと突き落とされました。私は五歳で、泳いだことはありませんでした。

　プールの浮き輪に向かい、いっしょうけんめい泳ぎました。浮き輪に辿り着いた時には「やった!」という安心感から浮き輪で少しゆらゆらして帰りました。だけど、すでに兄も一緒にいた男子たちもいませんでした。

　誰もいない？　けれども私は達成感なのか、一人で長い階段を上り、おばあちゃんのいる家へ帰りました。

夏休みの終わり頃

兄と私は、母が仕事のため、兄と同じ年の一年生の男の子とその子の父親、祖母の三人暮らしの家へ預けられることになりました。預けられたその日に、男の子の父親は夜、男の子を起こして、

「酒買ってこい」

と怒鳴りました。私も兄も起き上がり、一緒にお酒を買いに行きました。

初めてのお使いです。

その家から田畑の畦道を通り、さらにお墓の畦道へと通る時、火の玉を二つ見ました。

私たちは怖がることなくお墓を通り、その先のドブ川道路を渡れば酒屋があります。

店は半分閉まりかけでした。男の子は、店の灯りが見えると走り出し、ギリギリセーフでお酒を買うことができたのです。帰り道は、また同様に、お墓の畦道を通り、田畑へと行く前に山の方角で大きな火の玉を見ました。私は人魂と思っています。

お墓の火の玉は怖がることがなかったのに、私が山の方角を指差して「あれも火の

玉？」と男の子に言うと、ギャーッと悲鳴を上げて走り出しました。

帰ってみると、玄関からすぐの大広間でおばあさんがほうきを逆さに持って、仁王立ちしています。おばあさんは私たちが帰ったことに気がつかないみたいです。

男の子が泣きながらおばあさんの手の指を一本一本ほうきから外すと、おばあさんは気がつき、泣き出して、「こんな小さな子供に酒を買いに行かせて……」と言って男の子を抱きしめていました。

次の日の朝、目覚めると、家の様子が変です。人が多い。また兄や私を母親が迎えに来ていました。「子供は、いない方がいい」と言います。

男の子の父親が山まで行き酒に酔い、山の道路の真ん中で眠ってしまい、トラックに轢かれて、グチャグチャになって亡くなってしまったと、母に聞きました。

私は山の火の玉は、おじさんの人魂ではと、今も思っています。

初めての家出

私が初めて家出したのは、小学校に入る前、五歳の頃です。

母は酒ぐせが悪く、兄や私に「出て行けー」と大声でわめいたので、私は兄を引っ張り、家を出て行こうと、「つるはら」という駅へ向かいました。田や畑を見ながら。まだとんぼも飛んでいたかな。駅に着くと駅員さんに、

「電車に乗っていいですか」

とたずねました。すると駅員さんはどこへ行くのと私にたずね、私は、

「遠くへ行きたい」

とはっきり答えました。しかし電車には乗せてもらえず駅員室で待たされました。少しして、母が紫のネグリジェ姿のまま走って来ました。そこからは細かな記憶がありません。

小学一年生のかすかな記憶

一年生の時のことはほとんど覚えていませんが、シーツのような物を作る家に預けられていたおぼろげな記憶があります。その家のおねえさんが体にイボができるみたいで、イチジクの白い汁を塗っていた……そんなことしか覚えていませんが、楽しかったと思っています。

小学二年生の不思議な出来事

二年生の時、松原市の「ぬのせ」という地域に引っ越して、文化住宅という長家で暮らしました。

同じような境遇だったせいか、近くの子供たちとはすぐに仲良しになりました。

ぬのせに来てから、不思議な体験がありました。近くの子たちと少し遠出をすることになり、目的地に行くまでに私は、

「あそこを右に曲がったら大きな池があって神社があるでしょう」

と思い浮かんだことを口にしたのです。すると、一人の子が、

「なん～や、行ったことあるんやろ……」

と言いましたが、私は初めてでした。


ある日、ほうきで溝の掃除をしていました。しかし何もないのにほうきを前に進めることができません。ほうきを逆さまにして刺してみました。すると固くもなく柔らかくもないものが「ギャー」と言って家に隠れたのが感じ取れました。

引っ越しをして三カ月ぐらいか、近所の子供たちが、「隣の一年生の男の子が、おまえの家の白いネコを焼き殺した」と言いに来ました。私は頭にきて、隣の家のドアを叩いて男の子を呼び出し、ネコを焼いた現場へ行きました。

焚火のできるような四角のカンカンの中、ネコは真っ黒になって死んでいました。

「ネコを持って来て」と言って、ネコのお墓を作り、お墓前で男の子に、「ごめんなさい

を言って」と迫りました。子供たちみんなで「ごめんなさい」と言い、家へ帰りました。ところが、その夜、うちのネコは耳を焦がして帰って来ました。

うちのネコはすばしこく、強く、気品もありました。二年生から三年生になるかの時に母に言われ、仕方なくネコを捨てに行きました。自転車の前のかごに乗せて小学校の通学路を行き、少し裕福な家がある所で私はネコを下ろしました。するとネコは私の方ではなく真っすぐに歩いていきます。振り返り私を見て、「ニャーニャー」と二回鳴き、また真っすぐ歩いていきました。ごめんという気持ちでしたが、でもネコと逆の、家の方へと私は帰りました。

小学３年生の時、兄に落とされた池（左）と、ネコを焼かれた現場（右）

犬のようなネコでしたが、会ったのはその日が最後の日になりました。

私の家の裏に潰れたパチンコ店があり、パチンコ店の入り口が開いていた時に入り込んでみました。自分でもどうしてなのか分かりませんが、探検のつもりだったのでしょう。一階はうろうろせずに階段を上り三階へ行くと、何か音が聞こえるので音の方へ行きました。変なおじさんが服から何かを出していらって（いじって）います。気持ち悪いので、すぐに走って家へ帰りました。翌日おじさんがお菓子を持って母に会いに来て、「また遊びに来てね～」と言っていたと母に聞きました。

当時、夜は灯りのついているのは駅だけで、家々が寝静まると、明るいのは月の明かりだけという地域でした。

二年生の時は、父も母も仲が良かったと思います。

運動会は父も母も来ていました。運動会らしい弁当を持って。

佐賀のお祖母《ばあ》さんの所へ、一カ月間預けられた夏休みも、最後には親が赤穂の海へ連れて行ってくれたことを覚えています。

母が素潜りでウニをたくさん取ってきて、その場で食べたことも覚えています。

黄色いヒラヒラしたワンピースを母とおそろいで作ってくれたこともあって、一回だけ着た記憶があります。その時、母が私に、『りぼん』という雑誌の表紙に載るかも、と言っていました。

子供の頃の写真は運動会が最後です。この頃まで、父も母も少しだけ努力をしていたのでしょう。

家で家族そろっての夕食、四人での夕食の記憶はありません。

おやつに「しゃこ」をよく食べました。日曜日という日があるのに家族で出かけることはありません。

何年生だったか忘れましたが、低学年の時の探検の話です。

牛の幽霊が出るという神社へ子供数名で、三日続けて行きました。幽霊が見えるのは夏ではなく、椿の花が散る頃という話でした。暗闇で花が散ると血が流れているように見えるらしいです。

一日目は、子供なので夕方から。まだ日があり、明るい時間です。椿の花は凛凛しく咲いていました。最初は、花が咲いているのを確認して帰りました。二日目は少し粘り、暗

郵便はがき

料金受取人払郵便

新宿局承認

7553

差出有効期間
2024年1月
31日まで
（切手不要）

160-8791

141

東京都新宿区新宿1－10－1
(株)文芸社
愛読者カード係 行

ふりがな お名前			明治 大正 昭和 平成 年生 歳	
ふりがな ご住所	□□□-□□□□		性別 男・女	
お電話 番 号	（書籍ご注文の際に必要です）	ご職業		
E-mail				
ご購読雑誌（複数可）		ご購読新聞 新聞		

最近読んでおもしろかった本や今後、とりあげてほしいテーマをお教えください。

ご自分の研究成果や経験、お考え等を出版してみたいというお気持ちはありますか。
ある ない 内容・テーマ（ ）

現在完成した作品をお持ちですか。
ある ない ジャンル・原稿量（ ）

書　名			
お買上書　店	都道府県　　市区郡	書店名	書店
		ご購入日	年　月　日

本書をどこでお知りになりましたか?

1.書店店頭　2.知人にすすめられて　3.インターネット(サイト名　　)

4.DMハガキ　5.広告、記事を見て(新聞、雑誌名　　)

上の質問に関連して、ご購入の決め手となったのは?

1.タイトル　2.著者　3.内容　4.カバーデザイン　5.帯

その他ご自由にお書きください。

(　　)

本書についてのご意見、ご感想をお聞かせください。

①内容について

②カバー、タイトル、帯について

弊社Webサイトからもご意見、ご感想をお寄せいただけます。

ご協力ありがとうございました。

※お寄せいただいたご意見、ご感想は新聞広告等で匿名にて使わせていただくことがあります。

※お客様の個人情報は、小社からの連絡のみに使用します。社外に提供することは一切ありません。

くなるのを待ち、椿の花がすーっと落ちるのを見ました。深緑の中、紅色の美しい花が落ちていく……子供心に「あ〜……」と少し悲しかったかな。最初の花が落ちた時、しかし牛の幽霊なんて出ないと思い、神社の中庭を見ていました。その時、牛が三頭夜空を見上げているのが見えました。一頭は寂しい目をしています。でも、皆が見えないと言ったので、また明日と言って帰りました。

神社は大和川の橋を渡って右側にあります。三日目は少し早めに行き、橋を渡ろうとした時、神社の真下の川で円いものが浮遊していました。とても立派そうな振袖です。

仲間が一人来たので川を指差し、「あれなに……」と言ってみましたが、「着物と違う?」と言っていました。その日は、いないはずの大人が神社にぽつぽつと現れて、子供チームは帰りました。

翌日、男の子が来て、「あれな〜御包《おくる》みて言うんや〜赤ちゃんいたらしいで……」と言っていました。

神社探検は終わり、その神社へ行くことはなくなりました。

私の妙な話は、あとになって一九五四年から五六年ぐらいの新聞に、また違う形で載っていました。

四年生の時の話になりますが、阿保町の池でもおばあさん幽霊に会っていたかもしれません。なぜそう思うかというと、三十六歳ぐらいになって松原駅に行った時、ゴルフの打ちっぱなしができていて池は半分以上埋め立てられていたのを見て、私は「おばあちゃんにボールが当たるやん」なんて思ったからです。子供の時に知らず知らず見て、行方不明のおばあちゃんが水死した場所も私は分かっていたようなのです。不思議な子供だったのは確かです。

小学三年生の時の私

いちごが食べ頃の時、いちご畑の中を赤い実を食べながら兄と私は歩いていました。気がつけば大和川が見える道に着きました。五人ぐらいの高校生と思われる男子たちが近寄ってきて、兄に「お菓子買って来て」と命じます。兄は言われるままお菓子を買いに行きました。私はリーダー格の男子に股の間に腕を入れられて抱きかかえられ、大和川の土手を下り、獣道のような所を歩いていきました。抱きかかえられている私は、後に付いてきた学生帽の男子の顔を見ていました。半泣きです。

草のない相撲のとれるような場所に着き、私が下ろされる時に兄が「お菓子買って来たよ」と走って来ました。その声と同時に私はリーダー格の男子の股を足で蹴り上げました。

兄に「逃げろ」と叫び、私はあまり抵抗しなさそうな学生帽の男子の横を潜り抜けて、逃げました。

父と母がよく喧嘩をするようになり、父は母にステレオのような物を担ぎ、投げ付けているのを見ていて、いやになりました。それから母は私に向かって、

「おまえらがいるからや～」

と言います。私も母に向かって正座をして畳に頭を付けてお願いしました。

「私を捨てて下さい」

母は少しびっくりして話をやめます。でも、また少ししてから同じことを言います。

「○○さんヨ、あんたらがいるからや〜」

私はまた「捨てて下さい」で対抗します。母は、

「捨てろ捨てろて、どこに捨てるんやて」

私は母に吠えました。

「佐賀におばあちゃん、いるやん」

それから母は私に何も言わなくなりました。


そんな家庭だからか、兄も少しおかしかったのです。私の顔目掛けてビー玉を投げてきたことがあります。私は永久歯の前歯が欠けてしまいました。

兄は夜寝ている私を起こします。最初は、じゃれていますが、だんだん癇癪《かんしゃく》を起こします。そんな日が繰り返され、私は寝る場所に服を置いて寝るようになりました。兄がまた起こすと、私は服を着て駅に行きます。駅には大人がいるからです。また、母も最終の電車で帰ってくるからです。

私が駅へ行くと、かならず私の後を追いかけ、兄が来ます。にこにこ顔で。家では時がたつと暴力的になっていく兄ですが怖いわけではありませんでした。

怪我をするのはいやだから、また、兄に怪我をさせるのもいやだから、私は逃げたのです。子供は力を加減するなんては分からないからです。

また兄に起こされた夜、追いかけて来るだろう兄を無視して三つ池の方へ行きました。兄は一度駅へ行ったのか、池の近くで立っている私を見つけたのは、深夜の一二時前でした。私は兄に池へ突き落とされました。ビルの四階分くらいの深さに三階くらいまで水がたまったような深い池で、池の端はドロドロですべり、掴む場所がありません。立ち泳ぎをしながら池の端をしっかりと見ます。小さな緑の葉っぱを見つけ、少しジャンプをして緑の葉っぱを左の手で掴みました。

「掴めた！」

私はそこから記憶がありません。気がつくと車道の近くに立っていました。頭から足までドロドロです。すぐに家に帰ると、母は家に帰っていました。母に、

「どこ行っていた」

と聞かれ、兄の方を指差して言いました。

「こいつに池に落とされた」

五歳の時も小学校三年生の時も、兄は私を海や池に落として逃げます。私が岸に上がる

かどうかも見ないで、また大人の人にも何も言わないのです。

別に妹はいらないという気持ちだったのでしょうか？　今の私はそんな気がします。

それから母の彼氏なのか、おじさんがよく来るようになりました。夜は、おじさん、兄、私の三人で過ごすようになりました。

大魔神に追いかけられる夢

恐ろしい夢を見ます。小学校三年生ぐらいに始まった、大魔神に追いかけられる夢です。何度も何度も同じ夢を見ます。

大魔神が恐ろしい顔に変身して追いかけてきます。私は、誰か分かりませんが、手を握って逃げます。兄ではありません。私よりも小さい子です。

高層ビルに逃げ込み、エレベーターに乗り、上の階へ。見晴らしのいい硝子張りです。エレベーターを降りて前を見ると、大魔神の大きな顔があり、目が合って「ギャー」と叫び、目が覚めます。

同じ夢を見るので、ある日、エレベーターに絶対に乗らないと心に決め、眠るようにしたら、見なくなりました。

家の周りを、ちょろちょろする女の子など、見てはいけないものを見ることがあります。また二回か三回、同じ夢を見ました。

それは、右隣がネコ殺しの男の子の家ですが、左隣の奥から二番目の家の夢です。穴のある玄関で、男の人が寝ていて、男の人の顔に砂なのか土なのかバサーッと顔にかけられて、目が覚めます。おかしい夢です。

その土地で生活している時は、誰にも夢の話はしませんでした。場所が限定されていたので。ただ、左側方向には遊びに行かなくなりました。

男子に負けない小学四年生

軽自動車が通るぐらいの狭い道がありました。ジャリ道で両側は田畑です。近所の子供同士で遊びに行く時、そこを歩いていると、少し年上の男子四人が、

「すみこ（すみっこを）歩け！」

と怒鳴ります。私たちは、

「なんでやのん……」

と言い、横を見ると肥溜めがありました。その横に竹竿があり、私は一本取り、もう一本を男子のところへ持っていき、

「これで勝負をしましょう」

と言いました。勝負が始まります。竹竿の先を肥溜めに付けて、

「よ～いドンやで……」

と言って。

私の方が早く竹竿を抜いて、男子の右から左へと振り下ろし、相手を肥まみれにしました。私の勝ちです。男子は泣いて友達と畦道を歩いていき、田の向こう側に着いたら石を投げだしました。危ないので逃げましたが、頭に命中。私の頭には忘れられない名誉のはげができました。

父、母、兄それぞれが火災に遭う

父は、母と別居していたのか松原市阿保町の木造アパートで一人暮らしをしていました。大きな池のある所です。一回か二回見に行ったことがありますが、父と会うことはありませんでした。同じアパートで暮らす一階のお兄さんと話をしたことはあります。

父の暮らしていた部屋は、自殺のあった場所です。大きな池に子供が落ちて捜索しましたが、遺体が探すことができなかったのです。その子のおばあちゃんも池に飛びこんで自殺したらしいのです。やはり、おばあちゃんの遺体も探すことができないようでした。その池は、沼のようにドロドロで、何も見えないらしいのです。

そんな木造アパートも火事で全焼しました。父はその時寝ていて、肌着だけで逃げ出しました。

母は千日前デパートのキャバレーで仕事をしていました。一九七二年、このデパートで火災が発生。多くの人が亡くなる大火災となりました。幸い母は被害に遭いませんでした。

火事の当日、母を心配したおじさんは私を連れ、デパート近くのアーケードまで行きました。アーケードの上に逃げた人たちが歩いているのを見ましたが、その後の記憶はありません。

兄は、ぬのせ駅の近く、家の裏側にあたるパチンコ店に友達二人とろうそくを持って入り込みました。半地下になるのか窓硝子が割れていて、そこからパチンコ遊びがしたいと入ったのです。ろうそくが倒れ、火が出ました。兄が家に帰って来て「水……水」と言うから、バケツに水を入れて兄に渡し、近くの子供に声を掛け、バケツリレーが始まりましたが……火に油なのか燃え広がりました。

私は家の水を入れて渡す役目をしたので、現場には行きませんでした。

今考えると、私が二年生の時から閉店しています。幽霊ビルといってもいい状態でした。窓の硝子が割れたままも考えものです。

小学五年生で学園へ

火事のせいか家族はバラバラになりました。

私はT学園、兄はS学院という施設へ入ることになったのです。学園生活は、子供時代で一番楽しい日々になり、感謝しています。学園から羽曳野の小学校へ通い、偏見、差別のような言葉を言われた気はします。「おまえら弁当いっしゃ（一緒）な～」と。

でも私は、三年生の時に母に「弁当作って」と頼んだら持たせてくれたのですが、四角の弁当箱のふたを開ければ、おかずは海苔《のり》だけの真っ黒の弁当でした……少し悲しかった。

学園の弁当は色とりどりで嬉しいので、嫌がらせの意味が分かりませんでした。

学園には、ソフトボール、キャンプ、一日里子といろんな行事があって楽しく過ごしました。

キャンプファイアでは歌を歌いました。皆で、「かわいいあの子は誰のもの……」と繰り返し。そして私は一人で胸を押さえて、「いいえ、私は一人もの」と歌いました。

ソフトボールは下手なチームですが遠征に行きました。私も補欠で参加。試合にはぼろ負けです。最後に私にも、打ってとバッターが回ってきて打ちました。バットを投げないで、ちゃんと置いて走ったら……アウトでした。

一日里子というのは、施設の子供たちが一日だけ一般家庭の経験をしに行くというものです。

六年生の女子と私は、羽曳野市の一番と言ってもいいお金持ちの家へ行ったと思います。六年生女子は、親はいません。かわいい子です。発育が悪い五年生の私よりも頭一つぐらい大きい子でした。だから施設に帰った翌日、男の先生が私に「おまえ、親がいるもんの～」と二回繰り返して……。

私も「いえいいえ、親はいないです」と二回繰り返し言ったかな～。

小学六年生で父と暮らす

父が、施設にやって来ました。

「アッコさん……かわいそうや～」

と言われて、私は父に言いました。

「私、かわいそうちがうで……」

でも私は父に引き取られて、阿倍野で暮らすことになりました。父はその日、洋服を買ってくれてフランス料理のような店へ連れて行ってくれました。後にも先にも父と二人の外食はこの一回です。

六年生の時は楽しかったです。阿倍野は商売人の子供が多く、苛めや差別的なことは感じることはありませんでした。暮らしやすい地域です。

四〇人一クラス、四クラスの小学校で、マラソンでは、男女含め三位になったのです。学校は楽しい日々。しかし、家では一人ぼっちです。でも、寂しいなんて思ったことはありません。家に帰ると三〇〇円置いてあり、そのお金で喫茶店で食事をすることを覚え、エキスポランドも月曜日から金曜日の学校が終わってから家に荷物を置いて行くようになりました。

新幹線が九州まで行くようになったので、夏休みには母の里の佐賀へ私は一人で行きました。親戚の人が佐賀で待っていてくれました。

名護屋大橋が近くに見えます。

人一人が寝られる板のような浮き輪を持って、女子三人で海水浴をしました。大橋ぐらい（約二五〇メートル）の距離を泳ぎ、そのあとで無人の小島へ帰り、浮き輪を浮かべ三人でバチャバチャ仲良く泳いでいました。すると、お祖母《ばあ》ちゃん中心に村人数名が手を振っています。島と陸の真ん中で声は聞き取れません。少し前に行くと声が聞こえました。

「オーイ、フカが出るぞ～」

三人とも声が聞こえて、あとは競争です。必死に泳ぎました。陸に着くと、海の真ん中で浮き輪がぽかりと浮かんでいました。

その辺りは、潜水艦が行き来するほどの深い海だそうです。盆の日に精霊流しも見たかな～。

佐賀からの帰り、四国徳島へ行ったみたい。でも行きは覚えてなく帰りの船に乗った時、知らないおじさんが、これは木造最後のフェリーだと話していました。船酔いがひどく、お客は全滅です。

それから大阪でも、少し離れた島に行きました。橋はなく、道のようなものが行ったり来たりして、そこに閉鎖した大きな病院があり、おばさんが、「あの病院は昔ハンセン病院で」と言っていましたが、私は子供で、その意味が分かりませんでした。のちに『砂の器』という映画でハンセン病のことを初めて知りました。

阿倍野での生活は小学六年生から中学一年生の一学期までの短い期間でした。それも終わり、兄も施設から帰って来ました。

中学校一年の夏休み、施設から家に戻った兄には友達がいないので、何度か一緒に池へ遊びに行きました。手で漕ぐボートを別々に借り、「オラーオラー」と競争しました。私はオールを手にすると、電気のようなものが走り、力が出ました。兄にけっして負けない私でした。

中学時代

中学一年生の二学期から、松原市高見の里という土地で、母とおじさん、兄と私の生活が始まります。父も近くにいたみたいですが……。

一階がクリーニングの取り次ぎ店、二階が住まい、なんと下は池です。

「父は池が好き……?」

高見の里へ行って、私はすぐに友達ができました。二歳年上の女の子です。二学期から新たな中学校で心機一転。

私の家の裏手に池があり、先には神社がありました。学校からの帰り道、その神社の道を挟んで横の家の玄関前に赤い服を着た女の子がいました。私は横を通り、すぐに振り返り見ましたが、女の子はいません……。一瞬のことです。家に帰り、二歳上の女子のアパートへ行き、その女の子の話をしました。

「一年前に亡くなって、いないよ。うそと思うんだったら明日、その家へ行こう」と言われました。

翌日、赤い服の女の子を見た家の前に子供たちがいて、その家の人からお菓子を貰っていました。二歳上の女子は私に「あんたも貰っておいで……」と言いましたが、近くで見ただけで行きませんでした。

母が紫のニットのパンタロンスーツのような服を作ってくれて、何の用事だったか分かりませんが名古屋に行きました。駅近くのおみやげ屋の辺りを歩いていたら、色紙を持った子供たち三〇名以上に囲まれて、「サイン下さい、けい子さ～ん」て言われました。芸能人の誰かと間違えられたみたいです。

知り合いの大人の人が、私のことを「中学生ヨ」と説明していました。私は「けい子って誰……？」という思いでした。小学四年生からテレビを見ていなかったからです。

その年のお正月で、あ～と母と暮らし始め……小遣いなし。兄は新聞配達のアルバイトを始め、私も兄に付いていき、アルバイトを一カ月しました。どうしても大きな犬のいる家だけ配達できないのでやめました。

二歳上の女子は春には中学校を卒業します。私が中学二年生になる春に、女子はアルバイトに行こうと誘ってくれました。もちろん行きますと返事をしました。

時間給は一〇五円です。ダイヤモンドシティの中のうどん屋で、料理係もウエートレスも中学生でした。事件が起こりました……ゴキブリがカレースープに入るのを私は見ました。しかし、アルバイトの男子はビックリして、なんと掻き混ぜてしまったのです。二歳上女子がカレーを持っていき、そこに入っていたようでお客さんにすごく怒られていました。

様々なアルバイトをした中学二年生

朝から真面目に中学へ行きます。

中学校の帰り、二階の窓から兄が私に「紙袋を受け取って」と言って落としてきました。なんと袋の中にはネコが入っていて、私の腕に当たり、ネコは無事に逃げていきました。「兄は生き物を落とすのが好き」なのでしょうか。


制服が夏服に替わる時、兄は私に癇癪《かんしゃく》をぶつけます。意味が分かりません。出入り口で私の足下に、コーラのビンをバンバン投げ付けます。コーラビンを持っている兄の横を通り抜けて出口に逃げ、自転車に乗り、出入り口で叫ぶ兄を見ていました。

疲れたのか家へ入ろうとした兄を目掛け、自転車でダッシュしました。私は右手に算盤を握りしめていて、兄の頭部を一撃。兄は頭を押さえて倒れました。倒れた兄を私は睨みつけて、「フン！」と言って、自転車に乗って一旦家を離れます。

雨が降りだして家へ帰ると、家には兄はいません。私の夏の学生服がベランダで雨でびちゃびちゃになっていました。

兄は、母やおじさんに怒られたのではないかと思います。それからの兄は、私には一切逆らうことは、なくなりました。

私が二十五歳になるまでですが……。


二年生の夏休みはアルバイトに行きました。ドライブインと言っていましたが、大型レストランです。

休みの日は、T学園に遊びに行きました。一つ上の女子が好きな男子ができたみたいで、その男子の住む羽曳野の家へ一緒に遊びに行きました。その男の家の玄関を開けるとステージのようでした。また別に会館のような、松の廊下を撮影できそうな場所を通り過ぎ、右へ曲がり、六畳のこたつの部屋へ案内してくれて、お茶をして帰りました。


中学二年生の二学期が始まった頃、遊びに行った羽曳野の男子グループが私を見に来たみたいで、私の中学校の男子は、殴り込みと勘違いしたみたいでした。

私は、土曜日、日曜日は、近くの喫茶店でアルバイトをするようになり、そんな男子たちと会うこともなくなりました。

学園で一緒だった女子も私に会いに来て、松原駅で会いました。彼女は、スタイルの良いかわいい子で、松原市の二、三歳年上のやんちゃな人たちの目にとまり、仲良くはなりましたが、学園の女子は二回松原市に来ただけで、私はチョロチョロしていたかな〜。

三学期の始まる時に、リーダー格の男子と数人が家に来ました。私に話があると言うのです。リーダー格の男子が私に、

「男を決めろ。誰でもいい、おれらは、おまえの好きな男に何もしない」

と言いました。私は「姓に松の付く男子が好きと」言ったら、みんな帰っていきました。

翌日学校へ行ったら、バスケットボール部のキャプテンが何も言わず、近づいてきます。彼は、私の周りを一〇日ぐらい、うろうろしていました。背も高く、モテ顔の人です。その人は苗字に「松」が付いていたので、私が好意を持っていると勘違いしていたようです。

この時、家はクリーニング店をやめて喫茶スナックのようなことをしていました。二、三度手伝いをしました。また、母に言われて堺東のスナックのオープンの手伝いにも行きました。バイト料はなしです。

自分自身で探したバイトの方がお金になります。でも、バイトして貯めたお金は、正月にお金ないと言った母に貸してあげました。中二の冬のことです。

正月が過ぎて土曜日だったたか、母に「付いて来て」と言われ、三回ぐらい一緒に行ったのがボートのレース場です。弟の子守で連れて行かれたのです。おでんがおいしかった記憶があります。それから月曜日から金曜日の子守がスタートしたのです。

その後、近くの喫茶店でアルバイトをしました。十三歳だけど十七歳とうそをついて。その喫茶店には男子大学生のお客さんがよく来ていて、私のことを気に入っていたみたいです。マスターが彼を調子にのせて、オイルショックの時だったのかトイレットペーパーを大学生から貰ったりしていました。また「彼女は冬休みもアルバイトをします。この子には着物が似合うだろうな～」などとマスターが大学生に言って、絣の着物を買わせました。私はそれを貰って、正月は着物を着てバイトをしました。

春も近くなる頃、大学生は私の家に来て「私を嫁にしたい。九州小倉へ連れて帰りたい」と言ったそうです。母は、「あの子、中学二年で十三歳ですよ」と答えたそうです。それから、その喫茶店には行かないようになりました。

春休みには警察署近くの喫茶店に行くようになりました。そこで夕方の帰り道、パトカーの警察官が私に、「暗くなってきたので送ってあげる」と言います。それで、パトカーの後ろの座席に乗り、松原駅まで送ってもらいました。

逆方向ですが、中学生とは言えなかったので……。このパトカーの件は学校でも噂になってしまいました。

二年生の冬ぐらいから平日の夕方は毎日、弟の子守をします。弟の子守代は一日五〇〇円。なしの時もあります。子守代の使い道は、家には風呂がないので銭湯のお金と飲み物代、または夕食代です。

人命救助をしたこと

三年生からは、遅刻が増えました。夏休みはレストランでアルバイトしました。

二学期が始まった頃、私が遅刻して学校へ行く時、田畑の真ん中の車道を歩いていました。その中心ぐらいに行くと、バシャバシャと水音が聞こえました。私が用水路を覗き込むと、男の子が溺れているのが見えました。私は田と土手に足を踏ん張り、手を男の子の両脇に入れて引き上げました。土手側から車道へと引っ張り、男の子を道の真ん中へ立たせて、「真ん中を真っすぐ歩いて帰りや」と手と腕で表しました。

その後、私は学校へ。教室は三階の真ん中で、私の席は出入り口に近い後ろの席です。遅くなっても入りやすく、出やすい席でよかった。

その日、何時間目かの授業が終わって、私が出ようとすると担任が「待て！」と言います。逃げる私に担任は、隣のクラスの担任、体育の先生に「捕まえろ～」と叫び、私は捕まってしまいました。三階から一階に御輿のように担がれて指導室へ運ばれます。指導の先生が少しびっくりして、「おまえ、何をしたんや！」と私に聞き、「あんたが呼んだや

ろ！」と答えました。「おまえ、子供を助けなかった？」と聞いたので、私は「それがどうしたんや～（怒）」と答えて、「帰る」と言って部屋を出たら、職員室の前に、さっきの男の子と母親らしい人がいて、男の子が母親の服を引っ張る姿を見ました。ですが、教師たちのやり方に頭にきていた私は、母親の前へ行き、「ふん！」と言って帰りました。

でも次の日から卒業まで、先生たちから何も言われなくなったのです。運動会で弟を連れて、テントの中の校長の席を陣取っても……。三年生の時の学校は、本当に休息の場でした。

思い出せば、男の子の溺れていた場所には大人の姿はなく、男の子は泣き声や「助けて」という叫び声も上げられなかったので、私が水音に気づかなかったら大変なことになっていたんだろう。

働く不良　中学三年生

二年生の時にちょこちょこ遊んだけれど、その後転校をしたのか、あまり顔を見なくなった女の子がいた。その子から電話があり、「迎えに来て」と言われました。場所は忘れましたが、暴力団の事務所みたいで、その事務所の二階から出ることができないとのこと。迎えに行った時、一番偉そうな人に私は「女の子を連れて行きたい」と言い、連絡先として学校近くの金持ちの住所を書いて連れて帰りました。でも、連れ戻しに来ないかと少し心配なので、その日は学校の教室に泊まりました。夜は寒く、ストーブをつけたいと思いました。昔のストーブなので中に燃える物を入れたら、炎がメラメラ〜っと出て、ストーブのふたを閉めましたが、先生が私たちのいる三階の二年生の教室に近づいてきました。私たちは床にべたりと這い、様子を見ていましたが教室には入ってきませんでした。でも次の日、学校へ行くと幽霊話を聞かされました。三年生と棟が違うので……私は幽霊に……。

その日家に帰ると、暴力団の事務所に迎えに行って朝別れた女の子が来ていました。私の母の髪の毛を掴み、文句を言っていました。意味の分からない私は、さすがに頭にきて、女の子の髪の毛を後ろから掴み、取っ組み合いを始めました。

私は、「なんで私があんたみたいな女を迎えに行かないとあかんかったのや……」と言ったら、近くに停めた車で待っていた母親と帰っていきました。私は母に何があったのと聞くと、「あの子の母親から十万円を預かっていたが、お金を興信所に渡した～」と言っていました。私は、「ふ～ん」と言って眠いので寝ました。

その後、迎えに行った女の子の母親が悪い人間と付き合いがあり、その女の子の家には警察が見張っていると聞きましたが、女子と取っ組み合いの喧嘩をしたので私宛の電話はなくなり、よかったです。

冬休みは玩具売場でアルバイト。二月には学校を休みながら二駅離れた駅近の喫茶店でアルバイトをしました。その時、堺から二中に殴り込みがあったみたいで、セーラー服の女子が逃げ回り新聞にも載りました。殴り込んだ方の堺の女子とは、八年後、知り合いになります。


私はいろいろなクラスの女子に「家庭科で作る食事を食べに来て」と声を掛けられて、すべて食べに行きました。二年生の男子は、私が下校するのを見かけると用心棒のように付いてきます。私より背が頭一つ高く、大きな二年生です。

文化祭のような行事では、山本リンダの真似をしました。人前でリンダの真似をするのは、コロッケさんよりも早かったと思います。

中学校卒業の二日前、家では、いるはずのない父が寝泊まりしていました。

卒業式の日、家で父が「一緒に暮らさないか……」と私に話し掛けてきました。私は「なんや今から自由になるやんか、なんやねん今さら……」と言うと、父は頭にきたのか、私を足で突きとばし三十回ぐらい蹴りとばされました。私は手で後頭部を守り、顔は膝で守り、「あ～あ～終わり終わり」と思っていました。

しかし「終わり」には約十年の月日がかかりました。

施設から選ばれて、大きな客船に乗る「里子体験」で一緒だった六年女子が、「私に弟がいるかも」と言ったことがあります。彼女は弟を探して見つけたみたいです。

中学校卒業後も二度ほど彼女に会いに行きました。

一度目は石切のスナック。チンピラのような男性に騙されていたみたい。彼女の思いは、生駒にいるかもしれない母親に会いたかったみたいです。

二度目は、チンピラから逃げて施設の先生にお願いをして日本ハムの工場へ勤めた時のこと。そして工場で知り合いになった男性と彼女は結婚、めでたしめでたしです。

彼女との出会いで、『女町エレジー』という歌に興味を持ちました。「女に生まれてよかったわ　本当はいいことないけれど」という出だしです。彼女の影響で歴史学者の網野善彦さんの本にも、大変興味を持つようになりました。

私は、父、母、兄に対してギブアップしました。

五歳の時、兄に海に突き落とされた時に私の人生は決まっていたような気がします。その時、泣くこともなく、寂しいという気持ちもなく、海から陸へ這い上がり、そして長い階段を上りました。神社前には母の弟の妻であるおばさんが待っていました。私を五右衛門風呂へ入れてくれました。小さな私は、風呂の中に浮かぶ板との戦いが待っていました。体重が軽いので板が逃げるのです。

私の思い出は、ただただ、帰り道と言っていい懐かしい思い出です。

今、兄は、どう生きているのか知りません。兄は兄で、自分自身の道を歩いて、生活していたら良いと思っています。

昭和のおばさんの長い思い出話でした。十五歳の誕生日二日前までの思い出です。

第二章　私と父・母・兄・弟

父について

父は四国の徳島の出です。大きな家屋敷に暮らしていましたが、母親は父を産んで亡くなった、父親は逃げてしまったと聞きました。ひとりっ子で、両親がいないおじいちゃん子で育ちました。

父に関して私が覚えていることは、合計しても二〜三年間ぐらいしかありません。小学校二年生の時のことを少し、それと六年生で施設から引き取られた時と、中学の卒業二日前足蹴りされた時のことだけです。その時、父を恨むことはありませんでした。父の寂しさも感じたからかもしれません。

でも、私には一歳上の兄がいます。父は、寂しければ兄と一緒に暮らしたらいいと思いました。どう考えてもおかしいです。

私が十六歳で、父が四十歳の時は、別に暮らしている私の家へ来て、お金を貸して下さいと言うのです。貸してあげると、数万円だけ返済されるものの、あとは無視です。私の父に対する不信は大きくなる一方でした。時がたつと少し忘れますが、また「えー？」という事態になるのです。そして、またお金を貸してあげたら、その後は無視。

父には努力してほしかった。蹴られた時より、努力せず無視ばかりというのは十六歳の私には、きついものでした。昔の話をして貸してあげたお金について催促しても、無視されます。私の心は壊れて、父との関係は終わりました。その後の四十七年間で、四回しか会うことのない父でした。


父、母には本当に私を捨ててほしかったというのが、本音です。

運命には逆らうことはできないと思っています。死に金のように私が十六歳〜二十五歳までに父、母、兄にあげたお金は相当な金額です。お金を工面できないと恨みに思われました。

母にはあげましたが、父、兄には貸しているのです。これ以上は、私の娘のことを考えて……到底無理です。初孫の娘は身内から何もしてもらったことがありません。

母について

母は、佐賀県唐津の先、名護屋の出身です。豊臣秀吉が朝鮮征伐の時に、前線基地として城を造った名護屋です。

母は十二人きょうだいの真ん中。一人は亡くなり、十一人きょうだいで育ちました。神社の上に家があり、母の父、私のお祖父《じい》ちゃんが亡くなるまでは、生活に困ることなかったそうです。

私の生まれは四国です。二歳か三歳まで暮らしていました。

泣く、笑うことの少ない赤ん坊だったとか、愛

ちゃんという女性が世話をしてくれていたと母に聞きました。

中学卒業までの母との関係は、前に書きました。

家を出て、十六歳になった私の家に、ある日母が勝手に来ました。そして、私が気に入っていたワンピースを着て帰り、翌日ワンピースのおなかの部分のゴムを伸ばして返してくれました。

私に、「ふらふらしないで仕事に行け」と言い、母に夜の仕事を紹介されて行くことにしました。まだ十六歳の時です。○時から朝五時までのお店に勤め、初めての給料日には、母が店のドア前に立っています。そして私に手を出して、「金くれ～。出し～」と言いました。私はびっくりして、母を喫茶店へ連れて行きました。金がないと言うので五万円を渡し、「三万から五万円、振り込んであげるから、私の前に顔を出さないで」とお願いしました。十六歳から十九歳まで、母たちには、二百万円のお金がかかりました。私の結婚の日までです。母、おじさん、弟、兄を結婚式に招待しました。そして母に言いました。「振り込み終わりです。子供ができるので……」と。

子供の生まれた日、母は来ました。お乳のため胸が腫れ上がって熱もある時、母の第一声は、おめでとうでもなく、「二十六万、出し……」でした。

びっくりしました。悲しくなりました。

兄嫁のお産の費用がないみたいなのですが、身二つになったその日にそれはない。私も、「なんしに来たんや～、あんたら……二度と、私の前に顔を出さんといて！」

と言いました。


母とはその七年後、私が母にお願いがあって会いに行くまで、顔を合わせませんでした。私の娘の子守さんが田舎へ帰ることになり、見てくれる人がいなかったため、仕方なく頼みに行ったのです。十八歳違いの弟がいることも知っていました。母は「いいよ」と言ってくれたのですが、一カ月半後、母は「弟、おっちゃんを頼む」という置き手紙をして家出してしまいました。私は娘を連れ帰り、それからまた、九年間は会いませんでした。

次に母に会いに行ったのは、九州のお祖母《ばあ》さんのお墓参りに行きたかったからです。母には十万円渡し、お墓参りに付いて来てもらいました。

十八歳違う下の弟はすごく頭のいい子で、良い中学校へ行き、十三歳で得度し、所属のお寺に母が連れて行ってくれました。心の底から、「おめでとう。お母さんよかったね」と思いました。

ところが、数カ月後、母は家に来て私の娘に言います。

「あんたの親に五十万出してと言っといて」

「娘はあなたの孫ですよ……」と私は情けない思いでいっぱいでした。

また電話もあり、娘に、

「あんたの親、家にいるやろ……車あるで」

と言ったらしいです。私は娘から話を聞いて心が音を立てながら割れました。孫に何を言うのかと。「お母さんが早急に連絡欲しいって伝えて」と言えばいいではありませんか。

「五十万出し……」などと孫に暴言を言う人は、知らない人です。

兄について

兄は、小学生になってもずっと、寝る時に親指をしゃぶっている子供でした。

そして、私の周りを絶えずうろうろしていました。

大人になってから仕事がないと言うので、紹介してあげました。喫茶店ですが、ポーカーゲームが流行して、兄は高い給料が入るようになったみたいです。せっかく紹介したのに、女と遊びに夢中です。

そんな時、兄は交通事故に遭いました。徳島と香川の県境でのことで、兄は意識がなく、大変でした。私は毎週日曜日、高松の病院へ、そして転院した大阪、和歌山の病院に通いました。和歌山の病院の先生は、「脳波には異状なし。生活訓練できる所を紹介します」と私に言ってくれたので、「お願いします」と言って帰りました。

翌日、兄嫁と母が兄を退院させて、私の所へ来ました。「彼は普通。問題ない」と言います。保険金が欲しかった？　私は、保険金が出るように手続きをしてあげました。一カ月ぐらいして、嫁は、

「彼はおかしい。あんたら、兄妹やろ。一緒に暮らしたり……」

と言って兄を置いて出て行ってしまいました。困って兄の元彼女を呼び、「兄のことを見ていて」と頼み、父の居場所を捜して兄を父の元へと連れて行きました。「男同士で暮らしてほしい。私にはまだ五歳の娘がいるので……」と言うと、父はうなずいて、兄を引き取りました。

数日後から兄は毎日、「五千円貸して〜」と、土曜日は「一万円」と言ってくるようになりました。

一年と数カ月、私の働いていた店はリース契約だったので、契約更新時期にその店は閉めました。

二カ月間、ふらふらしていた私ですが、店をしていたマスターが、「この店をやり〜」と言って私は、また店を開くことになりました。数カ月後、そこも兄に見つけられました。兄は喜んで、鳥のように飛んできて、二万円貸してと言いました。五千円、一万円と無心されたので、次は二万か……と思っていたら、やはり二万！　私は間違えて、兄を店に雇い入れてしまいました。


兄にアルバイトの話があり、行くことになりました。次の日、お店に暴力団の親分らしき人が来ていて、兄はチップ七万円を貰ったみたいです。私の兄だから……ということには、兄は気づいていません。私に「アルバイトが二十四時間で四万円だけとは」と文句を言い出します。

疲れて、しんどかった……。私は兄に「チップよりも、仕事をした収入に感謝して下さい」と言ったら、兄はなぜか怒り、硝子のコップを私の顔目掛け、力いっぱいに投げ付けました。逃げようとした出入り口でそのコップが頭に当たり、私は血を流しながら外へ。知り合いに会い、頭から血が噴き出していると聞き、ハンカチで頭を押さえ、歩いて病院へ行きました。五針縫いました。病院の出入り口の置き石に座り、「殺してしまった……殺してしまった……」と項垂れている兄を見ましたが、無視して帰りました。夜の店をやめました。

子供の時から、意味の分からない兄の癇癪に付き合い、ほとほと疲れました。被害者や加害者にならないようにと祈りました。今度はいつ突き落とされるか、恐怖しかありません。兄には、恐怖しかないのです。

弟について

十三歳違いの父親違いの弟の育児をしたことは、前にも触れました。私が中学二年生の時、母が夜の仕事へ行くことになって、赤ん坊の弟を夕方から見ることになりました。母が出かける時、弟は泣き出します。

そんな弟を自転車に乗せて走り回ります。あてもなく。雨の日は出かけられず、泣き出す弟の口に手を軽く当てたり、外したりすると、「ワー」が「アワーアワー」って感じの泣き声になります。それをにこにこ顔で見ていると、弟は泣きやみます。

一歳、二歳の頃かな。私は、弟の姉ではなく、友達のような感覚でした。弟の子守は楽しかった。癒やしです。

弟がいたから、十六歳から十九歳まで母親に支援できたのです。私の結婚式の時、スーツを着た弟に会えたことが、式では一番嬉しかった。

しかしその後、母の暴言や家出で、弟に会うチャンスはなくなりました。

弟の初めの職場のホテルには、二回ぐらい行きました。仕事の休みの時と、仕事を辞めた時です。

家族の中で、唯一のにっこりできる思い出です。

私自身のこと

私もけっして良い母親ではありません。十九歳で結婚、そして赤ちゃんを産み、二十一歳で離婚して、母子家庭になりました。

いろいろありましたが、その後、奥さんと死別した「さみしん坊」さんと巡り合います。経済的に余裕があり、優しい人です。私も他に望むことはなかったので、さみしん坊さんに付いていくことにしました。

ゆったりとした時間、新しい生活が始まり、さみしん坊さんには心から感謝しています。七年後に死別してしまい、少し路頭に迷いましたが、たくさんの楽しい思い出があり、彼には感謝しかありません。

夜の町に別れを告げたものの、従順とはいえない私ですから、恋人はなかなかできません。

娘が小学校二年生の時、ずーっと続けていた仕事をやめました。私の考えた目標は、

「家賃を支払い、ご飯を食べる」それ以上は考えないというものです。それが私の目標でした。娘には寂しい思いをさせたかもしれませんが、娘は強く逞しく育ち、私には「ふわふわ」「うるうる」という温かい気持ちを与えてくれます。

ほったらかしの娘。しかし娘は、地域の子供会に入り、御堂筋パレードに出て太鼓を演奏しました。その写真を見て……嬉しかった。まだまだ「ふわふわ」「うるうる」と思うことを見せてくれます。

あとがき

私は、何か分からないものに守られている気がします。

特に強く感じたのは、池の近くで暮らした小学校二年生から四年生、そして中学一年生の後半から三年生まででです。

まず、兄に顔目掛けてビー玉を投げ付けられ、永久歯が欠けましたが、そのあと数日たって、兄は腹が痛いと救急車で病院へ運ばれることになりました。

深夜の池に私を突き落として逃げ、母に何も伝えることなく、何もなかったように家にいた兄でしたが、その数日後、扇風機に手をはさみ、扇風機と共に救急車で病院へ行きました。十八針ぐらい縫ったようです。神様が兄に仕返しをしてくれたのでしょう。

中学一年生の二学期、池の上にある家の二階のベランダから一階の倉庫に飛び乗った時のこと。屋根は薄いベニヤ板で突き破ってしまい、すとーんと落ちました。倉庫の中は積み上げたタイヤだけがあり、私はタイヤの中で気を失っていて、体は無傷でした。

バイクで赤いポストにぶつかったこともあります。バイクは左、私は右の田畑へ投げ出されましたが、そこは藁が積み重なった場所でした。一瞬空を泳いで、仰向けの大の字になって落ちました。この時も無傷です。

とんでもない家族の中で育った私ですが、こんなふうに何かに守られ、なんとか生きてこられて、恵まれている方だと思っています。

私が家族の恥を書こうと思ったのは、虐待されて、命を落とす子供たちのニュースが多いからです。どうして助けてあげられなかったのか、と思います。

他人でも、心から幼い子供に分かるように接してあげれば、それだけで救われるのは、私自身の体験からも確かなことです。幼い頃、母の代わりに面倒を見てくれた愛ちゃんをはじめ、学園の人たちや、何人かの友達、パートナーに私は救われたと思っています。

十二歳からバイト、十三歳には母にお金を貸し、十六歳から二十五歳ぐらいまでは母、父、兄にお金で苦しめられました。二十五歳の時、兄に恐怖を感じて、被害者や加害者になりたくないという思いから家族と疎遠になりました。家族を避けなければならないのは、悲しいことです。

けれど、私には娘がいます。負の連鎖が娘に続かないために、私は娘にしっかりと愛情を注いできました。

罪のない小さな子供が虐待死するなんてことは、この世からなくしましょう。学校にも福祉にも裏切られ、母親の楯のようになって命を落とした子もいます。恐怖と苦しみしかなかったことでしょう。

幼い子供の家出は、子供目線で考えて、しっかりと保護してあげてほしいというのが、私の願いです。特に、自治体、公共団体の誰かが一人でも、子供の味方になっていただきたいです。

親を選ぶことも、暮らす場所を選ぶこともできない子供たちのために。

偏見、差別、いじめ、虐待をなくすことはとても難しいことでしょう。しかし、子供たちの心を和らげることは可能ではないでしょうか。

二〇二二年四月

安　明江

著者プロフィール

安 明江（あん あきえ）

1959年生まれ
徳島県出身
網野善彦さん、五木寛之さんの本が好きです。歴史の本も好きです。

トラウマ

2022年７月15日　初版第１刷発行

著　者　安 明江
発行者　瓜谷 綱延
発行所　株式会社文芸社
〒160-0022　東京都新宿区新宿1－10－1
電話　03-5369-3060（代表）
03-5369-2299（販売）

印刷所　図書印刷株式会社

ISBN978-4-286-23747-3　JASRAC 出2203794－201